Escrito por Lida Elena Tascón Bejarano
Ilustrado por Lorena Suárez Monroy

coleção
DE CÁ, LÁ E ACOLÁ

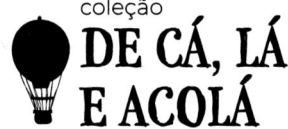

As aventuras de Nala
Las aventuras de Nala

Edição bilíngue
Português-Espanhol

Saíra
EDITORIAL

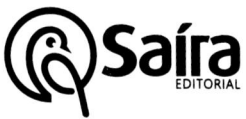

Copyright do texto © 2022 Lida Tascón
Copyright das ilustrações © 2022 Lorena Suárez Monroy

Direção e curadoria	Fábia Alvim
Gestão comercial	Rochelle Mateika
Gestão editorial	Felipe Augusto Neves Silva
Diagramação	Luisa Marcelino
Revisão	Márcia S. Zenit

Dados Internacionais de Catalogação na Publicação (CIP) de acordo com ISBD

B423a   Bejarano, Lida Elena Tascón

As aventuras de Nala: Las aventuras de Nala / Lida Elena Tascón Bejarano ; ilustrado por Lorena Suárez Monroy. - São Paulo, SP : Saíra Editorial, 2022.
   40 p. : il. ; 20cm x 20cm. – (De cá, lá e acolá)

ISBN: 978-65-86236-80-4

1. Literatura infantil. I. Monroy, Lorena Suárez. II. Título.

2022-3612
CDD 028.5
CDU 82-93

Elaborado por Vagner Rodolfo da Silva - CRB-8/9410

Índice para catálogo sistemático:
1. Literatura infantil 028.5
2. Literatura infantil 82-93

Todos os direitos reservados à Saíra Editorial

📞 (11) 5594 0601   © (11) 9 5967 2453
📷 @sairaeditorial   **f** /sairaeditorial
🌐 www.sairaeditorial.com.br
📍 Rua Doutor Samuel Porto, 396
   Vila da Saúde – 04054-010 – São Paulo, SP

Dedicado a todas as pessoas que saem de seus países em busca de melhores oportunidades de vida.
Nenhum ser humano é ilegal!

Dedicado a todas las personas que salen de sus países en busca de mejores oportunidades de vida.
Ningún ser humano es ilegal!

Nala es una niña muy alegre, curiosa y juguetona.

Ella tiene ocho años, siempre está saltando y jugando en el jardín con sus dos hermanos mayores. A veces tiene tanta energía que sus hermanos se cansan antes que ella.

A mãe da menina é cientista e trabalha em um laboratório ajudando a encontrar a cura para várias doenças. O pai é escritor e trabalha em casa em seu próprio escritório.

Su mamá es científica y trabaja en un laboratorio ayudando a encontrar la cura a diferentes enfermedades. Su papá es escritor y trabaja en casa en su propia oficina.

Já que a mãe tem de sair todos os dias para salvar o mundo de vírus terríveis que nos deixam doentes, o pai cuida de Nala e de seus irmãos.

Sua família é muito unida. Mamãe chega em casa muito cansada depois do trabalho e papai cuida dela. Para Nala, os dois são super-heróis! Eles trabalham em equipe.

Su familia es muy unida. Mamá llega a casa muy cansada después del trabajo y papá se encarga de cuidarla. Para Nala los dos son superhéroes! Trabajan en equipo.

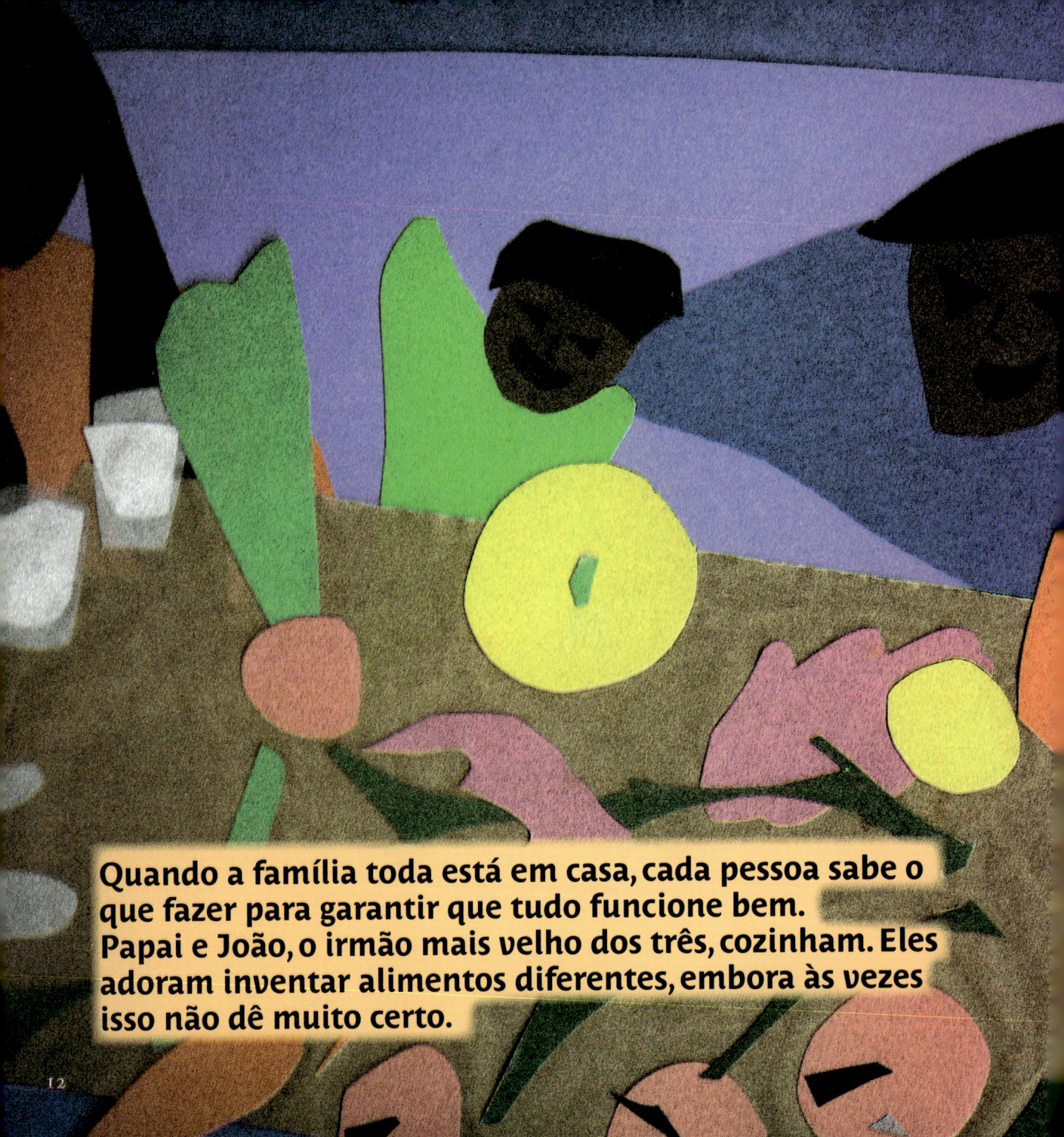

Quando a família toda está em casa, cada pessoa sabe o que fazer para garantir que tudo funcione bem.
Papai e João, o irmão mais velho dos três, cozinham. Eles adoram inventar alimentos diferentes, embora às vezes isso não dê muito certo.

Cuando toda la familia está en casa, cada quien sabe lo que tiene que hacer para que todo funcione bien. Papá y Juan, el hermano mayor, cocinan. Les encanta inventar comidas diferentes aunque a veces no les sale tan bien.

Luiz, o outro irmão, e Nala ajudam a mãe a dar banho em Tola, seu animal de estimação. Mas, muitas vezes, isso pode ser um desastre, porque Tola não gosta do banho.

Mais tarde, todos se reúnem na sala, lendo histórias, cantando, jogando e se divertindo muito.

Luis, su otro hermano y Nala ayudan a mamá a bañar a Tola, su mascota. Pero muchas veces puede resultar un desastre porque a Tola no le gusta el baño.

Después por la noche, todes se reúnen en la sala, leen cuentos, cantan, juegan y se divierten mucho.

João, Luiz Nala, a mamãe e o papai, agora, eram imigrantes porque haviam saído de seu país de origem. Eles chegaram a outro país, chamado Ibitu.

Em Ibitu, tudo era muito diferente para os quatro. Nala não entendia bem a língua e não entendia muito o que as pessoas de lá faziam.

Nala y su familia, ahora eran inmigrantes porque salieron de su país de origen y llegaron a otro país llamado Ibitú.

Ibitú era muy diferente para ellos. Nala no entendía su idioma, ella no entendía mucho lo que ellos hacían.

Quando entrou na escola, Nala estava muito curiosa e queria entender tudo.

Seus outres colegas zombavam de seu comportamento, além de zombarem de suas tranças e de seu sotaque.
– Por que você está falando tão estranho? – perguntaram a ela.

As outras meninas também começaram a olhar para Nala de forma diferente, porque ela não se vestia como as demais e porque não queria brincar de boneca.

Nala queria pular e subir em árvores, como fazia com seus irmãos. Para ela era mais divertido.

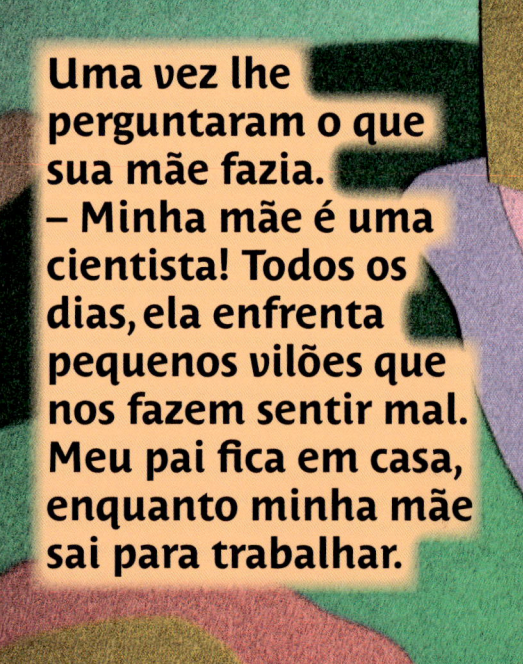

Uma vez lhe perguntaram o que sua mãe fazia.
– Minha mãe é uma cientista! Todos os dias, ela enfrenta pequenos vilões que nos fazem sentir mal. Meu pai fica em casa, enquanto minha mãe sai para trabalhar.

– Mas o que está dizendo, Nala? São as mulheres que ficam em casa. – Disseram os colegas. – Mulheres não são heroínas! Elas não salvam o mundo. – disseram a ela.

Una vez le preguntaron qué hacía su mamá.
– Mi mamá es una científica, todos los días se enfrenta a villanos diminutos que hacen que nos sintamos mal. Mi papá se queda en casa mientras mamá sale a trabajar.

¿Pero qué dices Nala? son las mujeres las que se quedan en casa, dijeron sus compañeres. Las mujeres no son heroínas, no salvan el mundo, le decían.

– Claro que são! – disse Nala. – Minha mãe faz isso todos os dias. Meu pai também faz, do seu jeito, porque cuida de nós para que nada de ruim nos aconteça.

Além disso, inventa histórias fantásticas de monstros, heróis e alienígenas. Ele também é um ótimo cozinheiro e sempre nos surpreende com seus pratos divertidos.

¿Qué dices Nala? Le preguntaron. Tu papá cocina y no tu mamá? Que familia tan loca, le decían. No es loca, contestaba Nala, algo molesta.

Mi familia es un equipo, todo lo que hacemos es muy importante para que todos estemos bien, así somos muy felices. Somos todos superhéroes!

Com o tempo, os colegas de Nala se acostumaram com seu sotaque e gostaram de suas tranças.

As meninas começaram a brincar com ela, aprenderam as brincadeiras que ela conhecia e descobriram que eram divertidas também. Agora, todos brincavam juntos no recreio.

Con el tiempo, sus compañeros y compañeras se acostumbraron a su acento y les gustaban sus trenzas.

Las niñas comenzaron a jugar con Nala, aprendieron los juegos que ella sabía y vieron que también eran divertidos. Ahora, todas y todos jugaban juntos en el recreo.

Seus colegas também gostavam de ir à casa de Nala para provar as deliciosas refeições que seu pai preparava e ouvir as histórias de sua mãe.

También les gustaba ir a la casa de Nala para probar las deliciosas comidas que preparaba su papá y escuchar las historias de su mamá.

Muchas veces Nala y su familia extrañaban su país y las cosas que dejaron atrás. Sabían que por el momento no podían regresar.

Nala aprendeu a amar seu novo lar. Hoje, ela é pediatra e ajuda crianças imigrantes e refugiadas de vários países que chegam a Ibitu.

Nala aprendió a amar su nuevo hogar. Ahora es médica pediatra y ayuda a niños y niñas migrantes y refugiados de varios países que llegan a Ibitú.

GLOSSÁRIO / GLOSARIO

Vírus: seres muito pequenos ou microscópicos que quando introduzidos em nosso corpo podem nos deixar doentes. Os vírus causam resfriados e outras doenças.

Super-heróis: super-heróis não são necessariamente aqueles com capas e voando pelos céus como nos filmes. Na vida real, são pessoas que fazem coisas para ajudar os outros quando estão com problemas. E você, é um super-herói ou super-heroína?

Animal de estimação: é um animal que vive em nossa casa e precisa de nosso cuidado e amor. Esses bichinhos dependem totalmente de nós, por isso devemos dedicar tempo e atenção a eles, em troca receberemos sua companhia e carinho.

Desempregado: é uma pessoa que perdeu o emprego e geralmente não tem dinheiro para pagar as coisas de que precisa para viver.

Imigrante: pessoa que sai do seu país por motivos diversos e chega a outro país para ficar um tempo ou a vida inteira.

Sotaque: é a maneira particular de falar uma língua. Por exemplo, se você ouvir a forma como uma pessoa da Argentina, do Chile, da Colômbia ou do Peru fala, você notará diferenças na tonalidade de sua voz, mesmo que todos falem espanhol.

Virus: seres muy pequeños o microscópicos que cuando se introducen en nuestro cuerpo pueden enfermarnos. Los virus causan refriados y otras enfermedades.

Superhéroes: los superhéroes no necesariamente son los que tienen capas y vuelan por los cielos como en las películas. En la vida real son personas que hacen cosas para ayudar a otros cuando están en problemas. ¿Y tú, eres un superhéroe o superheroína?

Mascota: es un animal que vive en nuestra casa y necesita de nuestro cuidado y amor. Estos animalitos dependen totalmente de nosotros, por eso debemos dedicarle tiempo y atención, a cambio recibiremos su compañía y afecto.

Despleada: es una persona que perdió su trabajo o empleo y por lo general no tiene dinero para pagar las cosas que necesita para vivir.

Inmigrante: persona que sale de su país por diferentes motivos y llega a otro país para quedarse por un tiempo o toda su vida.

Acento: es la forma particular de hablar un idioma. Por ejemplo, si escuchas la forma de hablar de una persona de Argentina, Chile, Colombia o Perú notarás diferencias en la tonalidad de su voz aunque todas hablen castellano.

Vilão: é alguém que não gosta de ajudar outras pessoas e machuca os outros. Nos filmes, o vilão é a pessoa que está sempre procurando causar problemas aos outros.

Heroína: é uma mulher que ajuda outras pessoas de maneiras diferentes. Um exemplo são nossas mães, elas estão sempre dispostas a nos ajudar e cuidar de nós para que tudo corra bem. Às vezes não as entendemos e ficamos com raiva delas, mas elas só querem o nosso bem-estar. Outro exemplo poderiam ser enfermeiras, secretárias, professoras, babás, faxineiras etc. Qualquer mulher que esteja disposta a ajudar outras pessoas.

Refugiado: pessoa que deixou seu país por perseguição, violência ou conflito e chega a outro país para buscar proteção para sua vida e a de sua família.

Villano: es alguien a quien no le gusta ayudar a otras personas y hace daño a los demás. En las películas, el villano o la villana es la persona que siempre está buscando generar problemas a los demás.

Heroína: es una mujer que ayuda de diferentes formas a otras personas. Un ejemplo, son nuestras madres, ellas siempre están dispuestas a ayudarnos y a cuidarnos para que todo salga bien. A veces no las entendemos y nos enojamos con ellas, pero solo quieren nuestro bienestar. Otro ejemplo, pueden ser las enfermeras, las secretarias, las profesoras, las niñeras, las encargadas de la limpieza de la casa, etc. Cualquier mujer que esté dispuesta a ayudar a otres.

Refugiado: persona que salió de su país por persecusión, violencia o conflicto y llega a otro país para buscar protección para su vida y la de su familia.

Sobre a ilustradora

Lorena Suárez é colombiana e mora no Brasil. Artista visual e musicista, Lorena é também criadora de um projeto editorial independente chamado "Mundos de papel," que, desde 2007, viaja fazendo livros ilustrados com comunidades distantes e diversas.

Lorena Suárez es colombiana y vive en Brasil. Artista visual y música, Lorena es también creadora de un proyecto editorial independiente llamado "Mundos de papel," que, desde 2007, viaja produciendo libros ilustrados con comunidades lejanas y diversas.

Sobre a autora

Lida Elena Tascón Bejarano nasceu em Palmira, Colômbia, e morou em São Paulo por cinco anos. Ela é mãe, migrante, negra, acadêmica e feminista. Formada em História, pesquisa temas sobre: gênero, família, construções de identidades, segregação racial e migração. Chegando ao Brasil para fazer um doutorado, começou a problematizar ainda mais sua identidade racial. Na Colômbia, saber se ela era negra, mestiça ou parda nunca foi um problema. Por ser migrante, compreendeu que a construção da sua identidade não dependia apenas do seu olhar, mas do olhar dos "outros" e das "outras". Como migrante, ela percebeu que as identidades são fluidas e podem ser tão diversas quanto os países que você visita ou em que vive. Por isso, acredita na riqueza da diversidade sem discriminação (racial, de gênero, sexual, religiosa, de classe, nacional etc.) para a construção de sociedades mais justas, inclusivas e felizes. Lida Elena faz parte do grupo de mulheres migrantes, Equipe Base Warmis-Convergência de Culturas, do Centro de Estudos de Demografia Histórica da América Latina (CEDHAL/ Departamento de História/USP) e do Grupo de Pesquisa em Gênero e História (GRUPEGH/ Departamento de História /USP).

Lida Elena Tascón Bejarano nació en Palmira, Colombia y ha vivido en São Paulo por 5 años. Es madre, migrante, negra, académica y feminista. Historiadora de profesión, investiga temas sobre: género, familia, construcciones identitarias, segregación racial y migración. Al llegar a Brasil para estudiar un doctorado, comenzó a problematizar aún más su identidad racial. En Colombia, preguntarse si era negra, mestiza o parda nunca había sido un problema. Al ser migrante entendió que la construcción de su identidad no dependía sólo de su propia mirada sino de la mirada de los "otros" y "otras". Como migrante percibió que las identidades son fluidas y que pueden ser tan diversas como los países que visites o en los que vivas. Por esto, cree en la riqueza de la diversidad sin discriminaciones (raciales, de género, sexuales, religiosas, de clase, de nacionalidad, etc.) para la construcción de sociedades más justas, inclusivas y felices. Lida Elena hace parte del colectivo de mujeres migrantes, Equipo de Base Warmis-Convergencia de las Culturas, del Centro de Estudos de Demografia Histórica de América Latina (CEDHAL/ Departamento de Historia/USP) y del Grupo de Investigación en Género e Historia (GRUPEGH/Departamento de Historia/USP).

Esta obra foi composta em Costa Std e Adobe Jenson Pro
e impressa em offset sobre papel couché fosco 150 g/m²
para a Saíra Editorial em 2022